我的

My Distance

远方

韩辉升

著

北方联合出版传媒（集团）股份有限公司

春风文艺出版社

·沈阳·

图书在版编目（CIP）数据

我的远方 / 韩辉升著. — 沈阳：春风文艺出版社，2019.2（2021.1重印）

ISBN 978 - 7 - 5313 - 5574 - 8

Ⅰ. ①我… Ⅱ. ①韩… Ⅲ. ①诗集 — 中国 — 当代 Ⅳ. ①I227

中国版本图书馆CIP数据核字（2019）第005454号

北方联合出版传媒（集团）股份有限公司
春风文艺出版社出版发行
http://www.chunfengwenyi.com
沈阳市和平区十一纬路25号　邮编：110003
永清县晔盛亚胶印有限公司印刷

责任编辑：韩　喆　　　　　　　责任校对：于文慧
封面设计：Amber Design 琥珀视觉　　幅面尺寸：134mm × 207mm
字　　数：155千字　　　　　　　印　　张：8.5
版　　次：2019年2月第1版　　　印　　次：2021年1月第2次
书　　号：ISBN 978-7-5313-5574-8
定　　价：35.00元

诗意烛照下的现实与梦想

——读韩辉升诗集《我的远方》有感

林　雪

　　韩辉升徜徉诗海，辛勤耕耘，硕果累累。恭贺其第八本诗集《我的远方》付梓。新作二百余篇，视域宏阔，哲思深邃；古今糅合，东西融通。难止于信手涂鸦，不限于精雕细琢。几见开合有致，常有收放自如。字句老到凝练而不乏明丽鲜活，情感粗粝放旷而未失细腻充沛。风月惊枝，江河留痕。艳羡其淡定精妙，慨叹其自在天真。诗集共分《阳光灿烂》《马路童话》《梦里梦外》《忧乐老家》四辑，我于走马观花、流连忘返之际，以四个标题随声附和，一路前行，一睹为快。

一、困境是生活的本质

　　韩辉升的诗隐含很强的故事性，图片化的情节、情绪凝结在时光的片段，出其不意的聚焦、令人瞠目结舌的阐述，给人震撼与惊喜。在韩辉升诗性的时光里我们看到其语言的立场：对人类命运、生命走向、生存启示的观照，对生存真相、生活细节不遗余力地分析挖掘，为生活的美好、现状的改观显现出积极的

1

考量和深刻的忧虑。

《阳光灿烂》这首诗中，一只鸟"坚定地认为阳光是因为它灿烂"，"绿树是因为它参天"，很像是以诗论诗，与超现实主义有关，与齐物论及王阳明"吾性自足"的非经验的天赋论有关，把诗观、人生观、世界观从一只鸟的嘴里叽叽喳喳说出来，也难为诗人真能玩耍。可不可以给《阳光灿烂》另一种阐释——"生活中不容低估的美好"？《苦菜花》写出了生命的绽放，写出了贫苦命运里的顽强绽放，写出了生存才是生命的重要问题、本质问题。人性的高贵、坚忍的高贵。《苦菜花》是一种命运的写真。或许，没有苦的日子并不存在；没有苦就没有甜，没有苦，甜日子就不会存在。苦是美的，甜才更美。苦本身，也是对苦的顽强抗争。苦，常常绽放着灿烂的人性之花。

《列车》写的是一种改变、怀念，还是一种寓言、轮回？或者是一种印象和刻骨铭心的记忆。诗人透过车窗看见少年，看见自己。"当年那个自己/把车轮的铿锵　铿锵/听成了/远方远方"：这是一种生命的经验，这种语言放弃了实指对象，而是以暗示的象征，完成了从日常经验到生命内涵的转换，让人燃起超越生活的激情，而向往使人获取生机，赢得际遇。《不再缺少》中"当我们/不再缺少永恒/不再缺少珍珠的时候/我们缺少的是难以捕捉到令人激动的瞬间"，这标示着对"永恒"的价值观的颠覆，对生命意义的重新评估和定位。随着人们审美的迁移，诗人执拗而淡定地抱有对人性的尊重、对诗歌的尊重，并期待着精神生活的回归，人要赋予自己更多的文化意义的良好愿景。

《割苇》回忆1990年一万人的割苇队伍，为了挣500元过年，自己的父亲和弟弟也在这个队伍中，自己作为民工总指挥，恨不得长出一万双手来。"可恨的芦苇/一根比一根坚硬/可恨的积雪/一脚比一脚寒冷"，人对于自然和命运的抗争，有时候会显得苍白无力，诗人满怀无奈、愧疚。但是诗人学会了正视自然和生存的困境，"长出一万双手来"正是他不屈的精神和满腔豪情。在《鞋垫》中写一个人以买鞋垫为名的爱心，而"老妇人在寒风中站着/似乎在把什么人等待"，写得好，人性的基本的美好，人类社会赖以生存的根基，这个不可动摇的东西，在诗中理所当然，根深蒂固。社会需要这样的稳定的思想机制。

《中国》中"爱情挽爱情漫步/友谊与友谊相握/语言不伤害语言/肤色不歧视肤色"之佳句，绝非小境界者所能言；而"我是你的疾病/你是我的诊所"更是把爱国写到了极致。

二、诗人是自然演说家

在这部诗集中，很多动物、植物，甚至物

3

品闪亮登场，一本书酷似众生聚会的广场。万物是人的伙伴，在这里，诗人是自己的神。在这里，诗人有着上帝和人的双重身份。人的世界，世界的人，江河经常和宇宙交换眼神。语言为意境打开了时光的通道。诗良好的品质奠定了有效的阅读，正如整洁的海面集结了即将远行的风帆。

《马路童话》用一个个混杂的，甚至是荒诞的意象群影射人们近乎混乱的认知和思维，让人们回到人性的最初，与诗化的人生翘首相望。一只蜗牛要甩掉包袱，对于自己来说无疑是残忍的，但是人们在生活中不也经常疏离自己所必需的责任或情感吗？如果世界上好多事情颠倒过来，将不堪设想，但是不堪设想的事情已经在我们身边发生，文明的荒漠、情感隔离、时尚的武断、传统的断流。可怕的是，动物失去了对自己的天地的恐惧，人类失去了对疾病和灾难的恐惧。《摇篮》中"摇哇摇/儿子在摇篮/儿媳在摇篮/孙子在摇篮"，以摇篮的延续，标示时间的停顿；以认知的停顿，标示情感的恒定。这种简单的手法具有极强的概括性，这种反向的形成互否的语义构成了概念的延伸，凸显了情感的深远意义。这种手法的变换和对于常规思维的突破，确实取得了良好的表达效果。再如《垃圾》中"这个城市/所有的垃圾箱都是满满的/已经容不下你"，生活与生命的垃圾化必将给人类带来灾难性的打击，说出了不注重自身的品质、不注重生活的品质的人类将无立足之地。语句里，垃圾占据主导地位，排斥人类。其寓意在于对未来物质生态与精神生态的忧虑。继而，在《看到》中我们看到：世界的变异。寻找牛看到了马，寻找马看到了羊，一步步堆积，我们看到了荒芜。常规的理念不复存在，有时候寻找、追求并不是一种建设，面对丑陋、薄情的欲望厮杀，诗人一次又一次让人们回过头来，重温人性的旧梦。甚至在《在某河入海口》指出生态问题：人们创造了虚假的奇迹。"也许/根本不是水里的鱼"，写出来就是名句了，但我更希望善良的人们将其作为警句。以及《破镜而出》毫无耐性的人们开始了自残式的创新：打自己，骂自己。人类走到了自己伤害自己的时代，不是吗？我们用碎片化、快餐式的种种信息撕碎自己的同时，欲望与心灵之间无数次地扭打殴斗之后，已经无力支撑残缺不全的现实世界。但是，人们甘愿用劣等的生活作践自己。要么改变，要么向低劣和卑微投降。我们看到，这些诗句含有令人警醒的智慧，是一个诗人的尊严所在。

三、梦想是心灵的现实

诗人在这个世界上，对生命的评估方式与

众不同，尤其是西方各流派，有些诗人特别注重潜意识和无意识生命状态下的创作活动。对于心灵而言，梦可能参与了更为重要的思想生活。或者可以以理想和梦想来作为黑夜白昼的划分，更为准确和有趣。或者人生如梦，一瞬间的跨越足以使人老却，一瞬间的痴迷足以使人老却，一瞬间的绽放足以使人老却——于是我们更希望能够抓住星星点点的诗句，对梦想或理想加以证实，证实一个梦确实比自己更加真实。

《田野上，少女》："采一篮苦苦菜你笑盈盈归/日子太甜了也乏味。"在苦与甜之间人性就像一个钟摆，不吃苦的人生不甜，吃苦的人生很苦。站在大地的立场上思考花开，人到底是被甜醒了还是苦醒了？如果人醒着，诗人要求自己醒着，把苦与甜看穿。日子就像一个少女，让人感觉那么喜兴，那么迷人，那么新鲜。似乎告诉人们，苦与甜，都那么甜。韩辉升的诗，有些看上去简单，其实很不简单。繁在简中，深在浅中。不平常的生活，不平常的生命，在这里显而易见。诗，在平常中愈加显赫。

"第一只鸟儿飞起的地方，第一朵花儿绽放的地方"是韩辉升早年写出的与辽宁朝阳的古生物化石一起享誉世界的诗句，如今已成宣传家乡的"名片"。韩辉升又在《鸟化石》中认为，鱼、龟、蚊子成为化石的永恒意象是幸运，而鸟儿的使命是飞翔，鸟儿并不是在飞翔中成为化石的，思考与观察的审慎和机警令人惊异。或许成为化石的永恒的意象对于鸟儿来说是一种落寞与不幸。诗人在这里说：要飞翔，不要永恒。如果诗能带领诗人飞翔，就不必在意那永恒的梦想。艺术可以为了永恒，当然也可以为了此在。但二者都不能脱离一种飞翔的力量与姿态。

《有一种青羊》写得何等冷峻、深刻，那只青羊吃光了山下草、山坡草之后，正在夺食山尖树上那仅存的青嫩，正在把愤怒的犄角刺向天空，而更令人惊悚的是它在用一种什么样的目光回望大地。诗人说"山上那些石头/山头那些树和树顶上那片天/也像我一样明白/有一种青羊为什么不见了"。为什么不见了，诗人明白却没有说出来；真的不见了吗？诗人明知却也没有说出来。我认为，读韩辉升的诗你尽可透过表面往深里想，一遍读不出深来你就多读几遍。他绝大多数的诗你都不妨这样对待。

《人与鸟》写一只笼中鸟为身心的自由在天敌面前付出了生命的代价。"人在善意地伤害/鸟在无力地抗争"，生命很难看懂，看懂生命确是人的使命。可能大自然比人类更有智慧，可能人生很多时候就是弱者的何去何从。或者，要去大自然的深处，去倾听真正的和谐，以订正"装鸟进笼"的欣赏误区。

《寻找》揭示了生活中的悖论，我们需要真爱，但谁能把真爱说清？只是我们以为自己能说清而已。我所谓的目的，仍然是一种动机；我们的幸福，是存在于被追寻的一种态势。我们向往美好，却对那个美好几乎一无所知。"也许漫长的寻找/只是为了寻找。"给我们以为能够确认的东西以新的思考、新的确认，避免生活在一种似是而非的假象里，避免被生活绑架和欺骗，避免被自己的无知坑害。到底什么样的命运才是真正的命运？诗，贵在让人有此一问。但是，没有爱，就没有人能知晓自己的命运。或者在接下来的《告诫》里，我们能够得到一些启示。《告诫》像儿歌一样：眼睛告诫嘴巴不能说出去；耳朵告诫嘴巴不能说出去；嘴巴告诫嘴巴不能说出去。这是人的本性的揭示。诗让人更加了解自己——从人性的角度出发，更能看清世界。

《我是这样的一条鱼》写得活灵活现，惊心动魄。除去繁华的表象，除去物质的激情，人到底是什么东西？人活着就是为了咬钩吗？迎合那个命运的垂钓者？在索取和创造之间，在自食其力和不劳而获之间，在辛勤耕耘和贪图享受之间，我们必须做出抉择，必须对群体生活表达自己的立场和态度。其中的语言命名、语式创造、语义走向让人耳目一新，诗人在平常的概念中找到了独特的表达方法。并且，诗人在自信、自爱、自强的人生态度里不遗余力地传达着正能量。人生、事业，贯穿着自己的所思所想，甚至分不清梦与现实。因为对生活的热爱，像诗一样执着；因为诗始终与生命和信仰同在。

四、有情者是人生之王

一个人如果不曾与他的孩子孩子一般玩耍，一个人如果不曾与他的爱人息息相通，一个人如果不为他的父母忧心忡忡，一个人如果不爱故乡——就别说他懂得爱。如果一个人这些不能做好，我们就无法相信，他会爱自己的国家。韩辉升把家乡的一草一木都看作与自己的命运有重大关联。

《酒醉的儿子》写道："他要趁着酒兴寻找什么/他的寻找迷失了寻找他的人。"韩辉升总是有自己的叙事逻辑，在生活的深层次追寻语言的魅力。他要告诉自己，告诉人们，世界宽广，情感不只是思想重叠的一部分。更宽泛的爱，才有更宽泛的亲情。

《钥匙》说：一个人无论走到哪儿都带着老家屋门的钥匙，尽管回老家也用不上，五十多岁了终于明白，正是老家的这把钥匙，把那些关闭的门一一打开。这首诗特别让人感动，没错，情感是万能的，一个有情有义的人必然前途无量。没有亲情、乡情的人，从来就没有诗和远方。诗人笔触犀利，思路畅达，借代嫁接，妙笔生花。

事总是很小，情总是很大。《我温暖得想哭》是一种对生命的陈述。

年迈的爸爸
推着年迈的妈妈

妈妈的轮椅
也是爸爸的拐杖

诗写的是浓浓的情，不需要太多的文字。家乡在韩辉升眼里，有那么多可写的事物，总有说不完的话。人是担不起自己的情感的，诗也担不起内心的柔弱。情太深，爱太重。生活从不缺少热爱，世界从不缺少美好。但是，在《爸爸》里说他自己越来越像爸爸了，却无论怎么端详也不能在自己的脸上找到那种慈祥。岁月让我到底丢失了什么？诗人敏锐地感觉到一代又一代人的内心的情感变化，如何让优良的传统得到发扬和传承这一家国大计，起止于心上笔端。诗人在反思，代表一个时代反思，反思自己，反思社会。或许，光有爱是不够的，还要有根植于内心的素养，还要有爱的伦理甚至宗教。

《致三弟》以给亡弟致语的方式悼念母亲。

诗人把死当成生，写出超越生死的精神内涵。教三弟怎样照顾母亲，最后又吓唬三弟说，"你惹妈妈生气了/不会有人解劝"，和三弟说得很亲切，却忽然让人想到这是生离死别。什么样的亲情能掩盖这巨大的哀伤？

韩辉升的诗，以牵动心灵的语言为线索，以饱含情感的事件为内核，字句平淡却极具张力。《我哭了》：责怪一只蝴蝶把自己领出来，却不送自己回家。"可是我不大声哭出来/妈妈到哪儿找我"，诗的语言本来不需要解释，它只负责带领人们走进心灵的世界。爱，总会发出声音，引领失散的亲人梦中相聚。并且，一首早年的诗，多像是为今天而作呀。

风中往事，酒里乡愁。《忽然想起老家》：对于"撂荒"的老家，世界的变迁，如何应对自己的情感？顾及自己的情感，应该有怎样的生存繁衍？城市化的迁移是否具有足够的社会理智？《有一个少年》中"那一株株红柳被割成了筐/那溢出河床的水，被晒成了干巴巴的阳光"，这是很具表现力的感官对思想的反衬，过度膨胀的现代都市文明，让人们错乱、失衡，诗人提醒人们要与自然保持一种宽泛的和谐的亲昵关系。

而在《二弟》里说"二弟来信说一个月没下雨了/放下电话我有一种变成云的渴望"，情感的转移，情感力量对想象和语言的作用，都使韩辉升在一种"修辞实验"上有所获益。乡情是一种朴素的思想，饱满的情怀，让文字彰显力量。韩辉升的诗离不开对生存的思考，对乡村命运的忧虑，对社会未来的思索。这也许是韩辉升的诗的另一个与众不同之处。

《我的靠山》讲出了一个人在社会上生活，靠的是老祖宗给自己的心气、底气、骨气。"这山知道我的矮/我也知道这山的高"，在对祖辈谦恭的语气里，把死守着这片土地的先人们当成自己的靠山。可能，这是一种相关自然与世界的尊严，这是一种对于乡情与亲情的操守，这是一种相关繁衍与发展的坚忍，这是一种对于勤劳与善良的传承。韩辉升把这些当作自己的靠山，是品格、情怀，而不是金钱、权力，且用以抒发自己爱国爱家的赤子之心。

诗集中有一条河有两个名字：一个叫凌河，汉族人叫的；一个叫敖木伦，蒙古族人叫的。韩辉升是祖源于"归化城"的蒙古族人，虽然"不能用母语诉说"，但他在《哦，凌河》中溯源根脉，在《草原梦》中飞抵祖地，具有浓郁的民族情怀。他说蒙古族人"每一个子女都不说假话"，他有一本诗集就叫《实话诗说》；他说"只要胸有英雄气/头顶长生天/哪里都是家园"。他深深爱着自己的家园，《朝阳赞美诗》正是这种爱的诗意表达。说到《朝阳赞美诗》，我不得不为之点赞。这首诗有别于作者擅用的短句、擅作的短诗。这首诗的几乎每一行都可拆解开来独立成诗，如"朝阳的羊羔最调皮/把嘴巴伸到内蒙古偷草吃"，完全可以如下形式呈现：

朝阳的羊羔
最调皮
把嘴巴伸到内蒙古
偷草吃

我还不得不说，这真是一首精妙好诗，"羊羔"而不是"羊"，"调皮"而不是其他，"嘴巴伸到"而不是"脚步迈进"，尤其那一个"偷"字，被他用绝了。多么可爱的一只羊羔哇，竟然知道疆界；多么可爱的一行（一首）诗句呀，竟然能够同时为我们呈现一幅画，一只有思想的却又稚态十足的"羊"，一处准确的地理方位和一个又一个经过"推敲"的难以替代的词语。

总体而言，韩辉升的诗，文字紧扣时代生活，在人、诗、世界三者的对话中很好地完成了一种和谐统一的意蕴。诗创造了诗人的世界，以诗说出生活的本质，以诗诊治思想，修正言行。诗是对生活的透视，对现实的提炼。韩辉升用情感之光点亮了自己，人性的纯朴披挂着精神的光环。其诗以其"善良的狡猾、野性的厚重"，以其"浮华时代的真知灼见"，以其"灵性滋养下平淡却颇具张力的字句"，以其"诗意高超已臻于无技巧之素朴境界"，以其"诗在文坛有温度、人在圈外缺热度的现实主义坚守"赢得了人心，赢得了尊重。

我还要说的是，韩辉升的诗，是诗人"苦熬"后有温度、有质感的表达，他用自己的诗证明了他已具备这样的能力——"从日常生活的平庸出发，到达高尚的精神和理想"。纵观韩辉升几十年的诗路历程，也坚定了我对中国诗人的一种认同与期待——中国诗人应该有勇气创造这样一种诗歌文本，这就是深度热爱并重建一种大众诗歌，创造一个本土的、中国式的、诗化的平民语境以及世界范围的民间真理。韩辉升用自己的诗创造了诗人的世界，用诗说出了生活的本质，用其"趋于敏悟自省的判断力"，维护了诗人本真称谓的独特价值，正如诗人杨炼所言："大诗人是指那些有魄力、有能力创造自己独特的语言构成方式，去本质地包容当代人思维的复杂性的人，他把自己造成一个'源'，成为后来人摧毁或发现的对象。"作为一位与韩辉升认识多年的同道，我表示由衷敬意！

当远方因为诗的借代而拉近了你我的距离，那触不可及的美也就一次又一次完成了对时光的奔跑和跳跃。因诗而相识的人们更愿意活在诗的世界。《我的远方》摆在面前，亲切而不容拒绝，好文惜字，好人惜情。要说的话很多，要说的话留给更多的读者。对于诗的出场，我们要与诸多事物一起建立一种缄默的秩序。诗是命运的回眸，远方一直都在心上——诗之心一直就是一个人的精神故乡。

2018年7月30日

目　录

第一辑　阳光灿烂

第二辑　马路童话

第三辑　梦里梦外

第四辑　忧乐老家

第一辑

阳光灿烂

阳光灿烂

推开门窗
阳光灿烂
昨夜好雨
绿树参天

看天
我知道了什么样的色彩
叫作蓝
看地
我知道了什么样的墒情
叫作不旱
看庄稼
我知道了什么样的势头
能够长出丰年

那只小鸟
东枝西枝
上鸣下唱
十分喜欢
她坚定地认为阳光因为它灿烂
绿树因为它参天

昨夜那场好雨
来自她的呼唤

2011.8.18

苦 菜 花

日子苦的时候
苦菜是苦的
苦苦的苦菜
为苦日子果腹

日子甜的时候
苦菜也是苦的
苦苦的苦菜
为甜日子解腻

不论是苦日子
还是甜日子
苦菜都不会为自己的苦叫苦
苦菜都能让自己的苦开花

2014.7.22

深度国际

一个小孩子
在我的门前
无缘无故地谩骂
歇斯底里地撒泼

我知道这是个有奶便是娘的孩子
我知道这是个吃饱了就忘记娘的孩子
我也知道
这个孩子受了谁的挑唆

那个挑唆他的人
嫉妒我儿女成群
嫉妒我朋友越来越多
伺机搅浑我门前的水
摘走我院中的果

那个挑唆他的人
阴险地对这个孩子说
我喂给他的奶过于清淡
我送给他的衣过于单薄
我不能还口骂他
更不能出手掌掴

那样的话
为我愤愤不平的远亲近邻
可能产生疑惑

2017.11.25

搭　车

你骑着永久牌自行车
我搭乘在自行车后座

一路上你一言我一语
有笑有说……

几个月后
终于变成了
一路上你也沉默
我也沉默

不知是为了把你还是把我自己解脱
有一天
我从后座上毅然跳下
义无反顾地
迈开双脚自行跋涉
你回头看了看我
便独自踏车疾行
也许因为获得了许久没有的轻松
我听见你唱起了欢快的歌

独行途中

我一次又一次搭上便车
先是驴车　马车
接下来卡车轿车

听说你如今依然骑着自行车
只是不再唱歌

真想在哪一条路上遇见你呀，哥哥
又唯恐你不肯
搭我的便车

2014.9.18

列　车

透过车窗
我看见
一个少年
在铁路旁的人行道上
艰难行走

我知道
那个少年
正沿着铁路线向十里外的学校
进发
我知道
那个少年的书包里
除了书本
还有一张玉米面饼子
一块咸菜疙瘩

我知道
那个少年心中想的是
哪一天能够买得起车票
行遍天下

透过车窗

我看见了
当年的自己

当年那个自己
把车轮的铿锵　铿锵
听成了
远方　远方

2011.1.14

雷　锋

当那个老人倒地的时候
你飞奔而来
把他扶起
——你穿越了
远隔五十年的岁月和人群

而我和唯恐被讹诈的我们
却在观望
迟疑

看到你真实的身影
我终于醒悟了
——我们离你并不遥远
而离那个跌倒的老人更近

2013.3.5

向 日 葵

大半生仰望
大半生追随被仰望者
并且
自诩为积极向上

对植根和托举自己的大地
未曾认真地看过一眼

终于
我成熟了
思想的重量
让我
低下头来

2010.9.29

门

我的门，总是敞开

想进来
你就进来
淡茶一杯
直抒胸怀

不想进来
你就走开
我的目光
从不投向门外
也不会派耳朵盯梢
听你被哪一扇门拒绝
或者把哪一扇紧闭的门
用脸皮或什么东西敲开

2011.5.31

冬天里的一只苍蝇

屋子里
飞着一只苍蝇

碰壁
碰窗
偶尔碰我

不论它是不是带有毒菌
我都不会拍死这只苍蝇

这是冬天
这也是我宽容一只苍蝇的
唯一理由

2013.1.18

愧 疚

我提起一段往事
犹如提起一根针

这根针上纫着柔柔的线

请你不要误解
不要把我的愧疚当作又一次伤害
请你忍耐这一次依然是由我带给你的痛

让我为你
缝合伤口

2010.10.21

一只小鸟

一只小鸟
落在窗前
我们隔着窗子
久久对望

望着小鸟
我先后望见了
妩媚动人却终于离我远去的初恋情人
喋喋不休向我抱怨老天不下雨的父亲
叽叽喳喳同我吵架的妻子
高一声低一声同我争辩的儿子

不知小鸟把我望成了什么

当它从窗前飞走时
我分明在它的眼神里
看到了留恋

2014.12.2

我至今无法完成的任务

我至今也无法完成你交给我的任务
五十多年了
也未能在朋友中
找出敌人

还要把你赐予我的利剑握在手吗

我至今也无法完成你交给我的任务
五十多年了
也未能在朋友中
找出敌人

是我的目光不够敏锐
我的心肠不够狠毒
还是你赐予我的
便是错误

2014.11.5

当　你

当你无奈地说出彼此忘掉的时候
他在如释重负的同时
从心里
深深地爱上了你

2014.11.6

不再缺少

是分离
把瞬间变成了永恒
是失去
把记忆变成了珍珠

当我们
不再缺少永恒
不再缺少珍珠的时候
我们缺少的是难以捕捉到令人激动的瞬间
缺少的是除了生命的长度没有更多宝贵的
东西可以失去

2014.11.25

就当我是树

就当我是树吧
就当我是一棵野生的树

不是你栽的
不是你育的
无论我是高是矮
是曲是直
都无关你的荣辱

就当我是树吧
就当我是一棵野生的树

你需要柴的时候
来折我的枝吧
你需要美的时候
来摘我的花吧
如果认为是我遮蔽了属于你的光明
你就削去我所有的树冠
如果认为是我侵占了你的地盘
你就挖掉我所有的树根
然后
锯开我的树干

制成一把交椅

就当我是树吧
就当我是一棵野生的树

2010.10.8

割　苇

题记：忆1990年1月带队赴盘锦收割芦苇

这是腊月的苇塘
不知第几把镰刀
才能割出怀揣五百元现金的春节

可恨的芦苇
一根比一根坚硬
可恨的积雪
一脚比一脚寒冷

我是一万名割苇民工的总指挥
而这一万名民工中有我的父亲我的弟弟

父亲和弟弟远远地躲开我
我甚至不知道
他们编组在哪一个收割队里
但我深深知道
自己无论如何也长不出一万双手来

2014.7.4

黄　牛

黄牛啊，只有你能拉得动这沉重的丘陵
拉着它一步步走向平沃

青草以及草间鲜花使你动情
使你永远也不会想到衰老

然而，你还是心甘情愿地走向木犁
走向那既能让你兴奋又会带给你痛苦的鞭子

为了这土地，为了这土地和你共同的主人
你弃用了坚挺的犄角

为了这土地，为了这土地和你共同的主人
你压抑着倔强的脾气

在春天，在耕种的季节耕种的时候
你变得比春风还要得意比春柳还要温顺

我也属牛啊，我们有着相同的禀性
因我年长因你功高让我们互称兄长

拴我在你的邻套里

让我们用双套拉飞木犁

土地的主人啊，我们共同的父亲、母亲
请你们甩响手中的鞭子抛撒手中的种子吧

2014.1.16

回　来

强迫自己
回来

走反路了
回来

走错路了
回来

走邪路了
回来

走上不该走的捷径了
回来

回来
回来
强迫自己回来

有一种抵达
叫作从头再来

2015.1.28

酒　歌

那蒙古族少女
把一支长调儿
唱成滚烫的酒了
不由你
不饮

那蒙古族少女
把茫茫草原
唱成美丽的画了
不由你
不赞

那蒙古族少女
把自己
唱成纯洁的百灵了
不由你
不爱

1996.6一稿
2015.8二稿

矿区的女人

男人们是根
女人们是树

男人们深深扎进地下
女人们吸收着男人在煤层采集的能量
生长得蓬蓬勃勃
美美壮壮

女人们挺立在地面
支撑着天空托举着太阳
男人们说听得见女人在街上行走的声音
那声音有如绿叶轻唱

女人们开花开艳丽的花
女人们结果结丰润的果
女人们的目光
穿透地表给男人们送去温柔的期望

女人们是树
连接着根的粗壮
男人们是根

靠树木证实自己的存在
存在的分量

1994.10.19一稿
2015.8.5二稿

一朵小花

草丛深处
有一朵花
一朵小小的
无名的
野花

这是一朵
偷偷开给自己看的小花

如果不是有一只蜜蜂落在花上
谁能想到
那浅浅的笑里
也有蜜

2014.8.12

青山绿水

青山中有我
绿水中有你

我是一株树，你是一条鱼

谁能告诉我
爱上鱼的树
怎样才能拥有爱上树的鱼
或者谁能告诉你
爱上树的鱼
怎样才能拥有爱上鱼的树

青山傍着绿水，青山中有我
绿水依着青山，绿水中有你

2012.10.18

脊　梁

我踏着
自己的脊梁

忍住疼痛
节节向上

步步留痕
咔咔作响

我挺直
自己的脊梁

2016.1.21

寂寞的山花

我只是你若干遗忘后的偶然记起
拥紧你满怀鲜花吧
不必不顾一切地
回过头来
关照我

我生命的强度中
本来就包括寂寞

2010.12.27

种　子

种子，在梦中
梦见了春天
它睁开惺忪的眼睛

当它看到屋外依然雪花翻飞时
便又沉沉睡去
至于这是不是最后一场雪
它想也没想

它把自己当成农家的另一个孩子了
它想，既然在寒夜里常常有人掖一掖被角
那么，到了该起床的时候
一定有人
把自己唤醒

2015.3.18

我是一片牧场

我是一片牧场

我不会拒绝任何一匹马
任何一只羊
任何一头牛
我甚至可以宽容
任何一条狼

我始终在它们脚下
任由它们践踏
我也会随着它们的脚步
走向远方
不管那里是丰茂还是荒凉

背负着沉重的土地
我面朝太阳

2018.4.15

花儿开了

该开的花儿还是开了

能不能坐下果
或者坐下什么样的果
是花儿认为最重要的事情
却不是花儿
能做主的事情

该开的花儿
就这样微笑着开了

无雨的春天
同样是灿烂的春天

2017.4.14

丁　香

你迎面扑来

他说
怎能这样浓烈
这样疯狂

他看不到疯狂中脉脉的柔情
品不出浓烈里淡淡的忧伤

他说
只要春天到了
每一天
都是开花的日子
每一天
都有别样的花开放
何必丁香

我来与你相拥吧，丁香

2017.4.26

看 岁 月

花儿高兴着只有自己才知道的高兴
蝴蝶上下翻飞
跟着花儿高兴

小草
一会儿左
一会儿右
漫不经心地摇着风儿

我静静地看着花儿
看着草
看岁月随着蝶儿飞
随着风儿动

2016.10.20

黑白照片

照片上这个年轻人
是三十多年前的我
脸上写着稚气
眉头挂着思索

这个年轻人
跳出照片对我说
让我看看你
依然黑白分明
还是变得五光十色

2017.6.5

二十年的忘记

关紧窗子
房间里缺乏新鲜空气
有些令人窒息

敞开窗子
新鲜空气进来了
伴随而来的
还有苍蝇蚊子

搬进新居二十年
才想起
当年的小屋
有一帘纱窗

2017.7.28

两只小鸟

有两只小鸟
每天早晨
都要飞到我窗前的芙蓉树上
你一言
我一语
说些什么

它们深情而专注地
望着彼此
一问一答
从不把对方的话儿打断
也从不断了话茬儿

飞走前
也总是
一个说些什么
另一个点点头
然后同时抬起翅膀

至今，我也不知它们叫什么鸟
只是觉得
做这样一对伴侣

或者
这样做一对伴侣
真好

2017.8.21

日　子

每一个日子
都不是孤立的
前面连着日子
后面接着日子

后面的也许在前
前面的也许在后

而我们只需——度过

忧伤的日子
快乐着也能度过
快乐的日子
也能度成忧伤

2017.9.11

鞋　垫

早上，在他上班途中的地摊上
一个老妇人
叫卖着手工制作的鞋垫

他在老妇人的眼神中
看到了
艰难与无助

他递上五十元钱
老妇人
数给他十副鞋垫

趁着另一个人与老妇人讨价还价
他把鞋垫
放回了原处

傍晚，下班归来
他远远地看到
老妇人在寒风中站着
似乎在把什么人等待

2017.9.26

庆　幸

一位同事
对我讲
"你昨天喝高了
在酒席上
说了一些不该说的话"

我昨晚真的醉了
至今也想不起怎样回的家

我问同事
自己都说了些什么

听过他的讲述
我真的有些庆幸
原来
自己还会说真话

2017.10.25

立　夏

因为一个浪漫的名字
我偷偷地爱上了她

与其说偷偷爱上一个人
不如说
爱上了两个汉字
爱上了一个季节
爱上了自己关于爱情的遐想

我至今也没见过那个女孩儿
只是四十年前听妹妹说
她认识一个姐姐
名叫立夏

2017.11.12

生　命

大马哈鱼
对刚刚孵化尚无觅食能力的孩子们说
"把我吃掉吧
吃掉我
你们才能活下去
吃掉我吧
我不愿做失去孩子的母亲"

小乌鳢
对产子后双目失明丧失觅食能力的母亲说
"把我吃掉吧
我本来就是您身上掉下的肉
吃掉我
我便回到了您的身上
再也不会分离
吃掉我吧
我不愿做没了母亲的孩子"

2017.11.3

窗 外

有一只鸟儿
落在我的窗棂上
透过窗玻璃
神情贯注地望着伏案写诗的我

我下一首诗
注定要把这只鸟儿写进来
写她澄明的眼神
写她被风吹乱的羽毛
写她的娇小
写她的柔弱
写她为了飞到我的身边
历尽了
春雨　秋风
冬寒　暑热

如果是在当年
我无论如何也会插上一双翅膀
推窗而出
随她私奔
飞到遥远遥远的地方

同她一起
衔草做窝

2017.12.20

在 路 上

我站在一条路的终点上
回望

那个跌倒了爬起来
爬起来
又跌倒
至今仍在途中艰难跋涉的人
不正是自己吗

是谁
站在终点上回望

2017.12.22

疏 远 你

疏远你
最好离开你的视域

不是你形象不佳
不是你做错了什么
相反
你有无可挑剔的形象
你也累积了值得炫耀的业绩

只是
只是我隐隐看到
有一个人在你的体内张牙舞爪
这个人
正是你竭力囚禁着的自己
而你正渐渐失去
囚禁自己的耐力

疏远你
疏远你
疏远你的万事如意

2016.12.17

老夫老妻

想吃啥
啥都行

你去买
你去吧

要不，一块去
好吧，一块去

关门了吗
关了

你拿着钥匙吗
怎么，你也没拿

2017.12.22

一 条 鱼

也许真的想到岸上看看
也许为了躲避水中劲敌
也许只是顽皮

一条鱼
从水中跃起
跌落在岸边的河泥里

它想重新回到水中
却不能
再一次跃起

我看到了这条鱼
我看懂了这条鱼

不知这条鱼
如今是不是还在河里

2017.12.26

有 致

你同样是一朵美丽的玫瑰

你不要因为少了一片花瓣
而羞于昂首
自己把自己
埋没在花海

你不输馨香
你不失风采
你同样有资格骄傲地
把那只蜜蜂等待

你要把自己的美丽
大声喊出来

2017.12.31

无雪的冬天

已经听得到春的脚步
却依然没有见到雪的踪影
无雪的冬天
怎能称得上北方的冬天

于是
我开始想象一场雪
想象小雪的时候
想起的却是那个名叫小雪的少女
当年还是不懂恋爱的年纪
而今想起她
却觉得想起的是第一次失恋
想象大雪的时候
想起的却是村里那个名叫二柱的叔叔
当年为了追逐一只野兔
他跌进了白雪皑皑的山谷……

于是
我停止了对雪的想象
我提前把自己的冬天结束
既然已经听到了春的脚步
那就想象一场雨吧

想象雨中撑伞的女人正是当年的小雪
想象雨后开犁的壮汉正是当年的二柱

2018.1.19

写在抚顺战犯管理所

这是一个
能够把鬼变成人的
地方

而今
当年那些由鬼成人者
已经在半生谢罪后
——死去

又有一批新鬼出现

我恨不能
有一双越海之手
把他们
——拿来

2014.7.15

中　国

画中国
画五十六枝花朵

唱中国
唱"一条大河……"

爱中国
让至亲至爱的妈妈都觉得受了冷落

中国啊，中国
你一手拨转地球
一手放飞白鸽

中国啊，中国
你一脚登顶珠穆朗玛峰
一脚踏浪密西西比河

说中国
说五千年文明绵延不断古香新色

走中国
那浅浅海峡怎能把统一的脚步阻隔

梦中国
梦雄狮醒来
站在世界舞台中央深情述说
——爱情挽爱情漫步
友谊与友谊相握
语言不伤害语言
肤色不歧视肤色

啊，中国
你是我的春夏秋冬
我是你的冬雪春花　夏秧秋果
我是你的疾病
你是我的诊所
我是你的血液
你是我的骨骼
我爱你三生三世　生死不舍
你是我的前程
我是你的寄托

中国呀，中国
你似曾这样说过
我就是你呀
你就是我

2017.11.21

第二辑

马路童话

一片落叶

有一片叶子落下来

只有一片叶子
落下来

没有风
没有树
只有半个月亮

这一夜
我们共同看见一片叶子落下来

直到黎明
也只有这一片叶子
落
了
下
来

2004.9

它曾是树

它曾是树
它以准栋梁的骄傲
挺立着

阳光
为它披上金缕衣
雨露
把它叶子镀亮

天，向上飞了飞
山，向外躲了躲
让它尽情生长

怎知，就是这株树呀
媚笑着
萎缩成一根拐杖

1990.5一稿
2018.3二稿

有一片羽毛

有一片羽毛
从天空
缓缓地飘下来

不知道这片羽毛
因为爱
还是因为恨
脱落

天上一只又一只鸟
匆匆飞过

不知他们从哪里飞来
向哪里飞去

我望着天空
望着小鸟

总觉得自己也曾是鸟群中的一只
却记不起是什么时候没了翅膀

1990.5 一稿
2018.3 二稿

有一个中午

有一个中午
我不经意望了一眼太阳

只一望
太阳便扯一片云遮住了自己

又一望
天上便掉下了泪水

那一轮被我望哭的太阳
一定有什么特别伤感的事情

2010.10一稿
2018.3二稿

在 河 岸

在河岸
有淤紫挂在树梢
这是洪水的衣衫被剐破后
留下的败絮

站在树下
似有洪水弥漫在我的
头顶

哗——哗——
风荡起长发如浪
黑黑的浪啊

眼睛游得好快活
鱼尾拍打着太阳
睫毛，水草般摇曳

在河岸
演示过一次愉快的惊险后
我期待大河涨水

1995.8一稿
2017.12二稿

亲爱的，我来了

在门环
被另一个人摇响时
门闩锈住了

走进门来这个人
在长出尾巴后
双手
变成了足

足音
轻叩一扇窗子
"亲爱的，我来了"

1995.8 一稿
2017.12 二稿

两条孤舟

月亮
被谁锯为两半

月光如沙
嚓嚓飞落
眯了露珠的
眼睛

嫦娥在上弦

暗蓝的夜海上
风，抓起大把大把的浪
恣意抛掷

吴刚在下弦

相识千年
刚刚吐一句情话
便被分开

一轮圆月

被锯成

两条孤舟

1995.8一稿

2017.12二稿

笑绿一个春天

落果
像一颗泪
从秋枝
滴下

泪，穿越季节
落在复苏的田野上
成为笑容

笑绿一个春天

1995.8一稿
2017.12二稿

走回幼稚

踏着一行脚印
走

有人走过
且走下去了
此路不会通向悬崖

我为自己的聪明
窃喜

只认定是脚印了
却未辨清
我的脚尖正与那脚印的脚跟
叠合

我无忧无虑地走
直到被一具破旧的摇篮
绊倒
才知我是沿着自己的足迹
走回幼稚

我痛哭

一只干瘪的乳头
母性地
来到我的唇边

1995.8一稿

2017.12二稿

有一株老树

有一株老树
被自己的往事
淹死了

黏稠的汁液
漫过树冠

有一只栖身于树上的鸟
抽翅跳离了灾难

它说："树的往事太甜"

1995.8一稿
2017.12二稿

打开自己的头颅

打开自己的头颅
颅内那束鲜花蔫了

一只螳螂
用刀一般的手臂
砍着花茎

有发丝般纤细的声音说
"鲜花是爱人
螳螂是我"

我，吓出一身冷汗

1995.8一稿
2017.12二稿

一 条 河

一条河
立起来了
像瀑布

河里的鱼
被迫做一次
跳跃

大部分跌死了

只有几条
在死神到来之前
生出了翅膀

世上少了一群随波逐流的鱼
多了几只
搏击风浪的雨燕

1995.8一稿
2017.12二稿

天黑黑的

天黑黑的
两颗头颅相聚
嘴巴眨着

有一声猫头鹰的笑滴落
战栗的牙齿
阵阵发痒

啖你的肉
两张接吻的嘴巴上
各挺着一把刀子

1995.8一稿
2017.12二稿

马路童话

一只蜗牛
甩掉了包袱
背上血迹斑斑

云，是一床被婚姻拒绝的被子

一个人
终于踩烂了
自己的身影

太阳，是那辆破马车上卸下的轮子

一只废纸篓
在墙角
拍打着快要撑破的肚皮

月亮，为找不到自己的另外半张脸着急

一块石头
呆坐在乱草丛里
听不懂耳边的鸟啼

小溪，投入大河便淹死了自己

一匹马
骑在牧人身上
挥舞皮鞭

牧草，在狂沙逼来前集体自缢

一只狼
扛着猎枪
扬扬得意

老鼠，正准备把妙龄的女猫迎娶

2005.4.29

三十年后的羊

童年时
我曾丢了一只羊
找了许久许久
也没能找到那只羊

三十年后的一天
一只羊
顶开我家院门
尾随它的
还有一群羊

赶着这群羊的人
是我当年玩伴

他问我
你看那只头羊
与你当年丢的那只
是不是一模一样

哦，这只羊
那只羊
真的一模一样

三十年在我身后
三十年的身后
始终跟着一只羊

2004.3.28

那 只 羊

那只羊
跑到了山上
那只狼
在山腰看见了羊

黑夜的黑
因为雪的白而更黑

那只羊
在山头遇见了狼

积雪的白
因为夜的黑而更白

天亮时
那只狼
披着羊皮咩叫
而那只羊
披着狼皮嗥叫

2014.1.6二稿

摇　篮

摇啊摇
摇了几十年
儿子，依然在摇篮

摇啊摇
爸爸手摇痛
妈妈手摇酸

比爸爸壮
比妈妈高
天南地北都跑遍的儿子
依然在摇篮

摇啊摇
爸爸妈妈抢着摇
谁也不偷闲

摇啊摇
儿子在摇篮
儿媳在摇篮
孙子在摇篮

2014.1.16

污　染

我是外星人

我在那对男女的洞房之夜
来到地球

我在那个女人的腹中
屏息近十个月
我配合着她的阵痛
做一次所谓的降生
我不无委屈地
把那对男女叫作父母

我是在吸尽那个星球上
最后一口有氧气体后
逃奔地球的

没有想到的是
在这个宇宙传说中最有生机的地方
我依然
呼吸不畅

2013.3.25

乡　愁

孩子，爸爸妈妈的故乡
叫作地球

爸爸妈妈离开地球的时候
只有十几岁
在这里定居下来的时候
已经到了成婚的年纪

你的爷爷奶奶
至今还留在地球上
也许活着
也许已经死去
无论是死是活
他们都是地球上最后的人类了

你看，咱们头顶上那个椭圆形天体
便是地球
它过去是蓝蓝的
现在已经变成褐色

2015.1.4

有一说一

一只鸟被岁月剪掉翅
一条鱼被海浪揭掉鳞
一朵花被蜜蜂咬掉蕊
一个人被幸福舔掉魂
一具锄板
被野草铲裂
一条瓜秧
被谎花掐断

一首诗被自己的韵脚绊倒
爬也爬不起来

2001.11.28一稿
2015.8.12二稿

车　子

有一辆车子离我远去
不知谁驾着车子
不知车子拉走了什么

有马蹄声声
不绝于耳
不知是走近
还是走远

有一辆车子向我驶来
不知谁驾着车子
不知车子载来了什么

2001.10.7一稿
2015.8.14二稿

人　间

老鼠
到老虎那里控告猫

老鼠说
猫吃掉了
我兄长一家老少

老虎怒斥老鼠
这正是猫应该做的
不仅如此
它还应该把你吃掉

老鼠
再次到老虎那里控告猫

老鼠说
猫把一户人家买来的鱼拖走几条

老虎正告老鼠
贪腥，正是猫的本性
世上谁不知晓

老鼠
又一次到老虎那里控告猫

老鼠说
前两次控告
忽略了一些细节
容我
细细禀报
——猫在咬掉我兄长一家老小时
扮成您的形象
并且故意扮得渺小
——猫在拖鱼时
披的正是您的战袍
并且
老鼠明知那家是出名的猎户
却故意学了
几声虎啸……

老虎大怒
下令抓猫

2014.2.24

地月对话

我们相望已久
我们心仪已久
无论是你挡了我的阳光
还是我挡了你的阳光
我们都是会心一笑
从不相互责备
从不彼此愤恨

你说你一直仰望着我
其实我对你也是一直仰望
我们之间没有上下之别
我们之间没有高低之分

既然我们离得最近
就不必计较谁大谁小
也不必计较是谁把谁围绕

你在你的轨道
我在我的轨道
我们各自珍重

我们互相吸引

2010.10.9
兼记嫦娥2号进入圆形环月轨道

垃　圾

夜里，我走在一个城市的路上
不见月亮
不见星星
路灯很亮

当我走近一个垃圾箱时
突然，一个人
从垃圾箱旁
站起

这个人
面无表情地对我说
这个城市
所有的垃圾箱
都是满满的
已经容不下你

2014.2.26

故　事

一只羊
把狼吃了
——一个孩子这样讲故事

爷爷说，我孙子把故事讲反了
爸爸说，我儿子讲得有道理

一只恶羊
把一只绵狼吃了
——这个孩子把故事重新讲起

爷爷说，我孙子还是没有讲对
爸爸说，我儿子抓住了故事要点

一只险些被恶狼吃掉的绵羊
把一只装成绵羊的恶狼吃了
——这个孩子把故事又一次重新讲起……

2012.10.12

木　鱼

涓流
悄悄走来
推开寺门
唤你

木鱼
木鱼

你木木地
鳞不动
鳃不鼓
鳍不扬

涓流
悄悄走来
跃上佛堂
摇你

木鱼
木鱼

你机械地

动动鳞
鼓鼓鳃
扬扬鳍

唉，木鱼呀
木
鱼

水流去
滋生出一片鲜绿
木鱼，终于被祈祷声
敲碎

1987.8.5

蒺 藜

那蒺藜
沿着路爬呀爬
爬到哪里
在哪里撒下一把刺
那蒺藜
爬着爬着
站起来了
哦，原来是一个人

……蒺藜，行走在路上

在十字路口
你选择哪个方向呢
蒺藜

任你东
任你西
任你南
任你北……
把根扎在十字路的中心
我向四面八方十六角伸枝
让我的刺

追逐你的脚板
你滴出的血
便是我的笑意……

在山路上
你也攀登吗
蒺藜

你攀
我则攀
你的高度
便是我的高度
你的痛苦
便有我的欢乐

在水路上
不能来了吧
蒺藜

我借风
随你飘渡
我借水
浮在浪头
我去鲨鱼的牙床上
成为利齿
哪里有你

哪里有我
哪里有我
哪里有你的灾难

哦，蒺藜
铲不尽扫不净躲不开的蒺藜呀

我走我的路
尽管脚下斑斑血迹

1991.3.4

有一只羊羔

有一只羊羔
追问妈妈
——书上说，羊在广袤的草原上
吃着青青的草
可为什么
我们却被关在圈里
吃的是
颗粒饲料

妈妈对羊羔说
这个问题
我也问过你的姥姥
姥姥说
写书的羊
已经过世几十年了
几十年岁月
对于人类来讲
并不遥远
而对于羊来说
已经非常古老

2015.3.6

天 鹅 语

那么多人来看我们了
让我们更自信些吧
不要惊恐万状
不要东张西望
不要把头扎进水里不敢露面
也不要粗声大气

已经结成夫妻的
尽情恩爱
彼此已有好感的
不妨趁机向爱情升华
把年纪大的簇拥
把年纪小的呵护
让昨天选美的获胜者
到人们近前展示英姿

水中游的，不要游得像蛙
湿地走的，不要走得像鸭
腾飞时，空中造型要酷
炫出我们的优雅
回落时，踏水不要过力
免得搅起水底淤泥

把一代又一代天鹅
在一代又一代人类那里学到的文明
向当代的人类展示
他们依然坚持的
会通过我们看到美丽
他们已经忘却的
会通过我们找回记忆

2016.4.6

鹰

你击穿云层
击碎雨滴
击落闪电
甚至击转了风的方向

那只山兔
以为你去奔月
你去啄星

在它仰视你
痴迷你的时候
你却把自己箭一般
射向了它

翅膀向上
心思在下

2017.1.18

看　到

一头牛
在寻找另一头牛

它看到了马

一匹马
在寻找另一匹马

它看到了羊

一只羊
在寻找另一只羊

它看到了草

一片草
在寻找另一片草

它看到了沙

2017.3.30

一只虫子

昨天，我放生了
米柜里的一只虫子

今天，我发现这只虫子
钻进了我正在品读的一本书里

你昨天偷吃
我的物质粮食
今天
又来抢食我的精神粮食

昨天放过你
是因为你饿
今天不再放过你
是因为我饿

2017.4.22

在某河入海口

我问钓者
有鱼没
钓者说
有啊
在岸上
在批发市场

我问钓者
那是海鱼吧?
钓者说：
"天知道河鱼海鱼
也许
根本不是水里的鱼"

2016.9.27

放 羊

姐姐说
每一次放羊
都会放丢一只

姐姐说
那只羊
每一次
都是你姐夫找回来的

姐姐说
我也去找过
却一次也没找到

姐夫说
我每次找到羊的时候
羊都对我说
我把你媳妇放丢了
快去把她找回来

2016.11.14

破镜而出

我对镜子里的自己
说了几句揭短的话
本以为他会脸红
没想到
整整一天
他在镜子里
指着我
破口大骂

他还扬言
一定要破镜而出
前来
打我几个嘴巴

2017.8.18

最后的狼

张开嘴巴
从自己的尾部
吃起
…………
吃到心脏的时候
才隐隐感觉出
一丝快意

终于，吃尽了自己的躯体
唯一剩下的
是那张
馋涎横流的
嘴巴

1998.3.18

那 只 鸟

那株树
用自己的树根
踩住了自己的树梢

那只鸟
用自己的目标
飞断了
自己的翅膀

2017.10.13

狐　仙

一条黄狐狸
被男人戴在头上

一条蓝狐狸
被女人绕在颈上

一条白狐狸
与初雪赛跑
它比初雪早一步跨进冬天

一条红狐狸
向蒲松龄抛出媚眼
那老头
唤出体内少年
娶了她

一条黑狐狸
口衔桃花
坐在春天的大腿上

不知哪一条是仙

2017.11.20

雾　霾

他说，恨不能
把自己的鼻子揪下来
抛上千米高空

在那里
做一次畅快的
呼吸

2017.11.28

蚯　蚓

那条被铲断的蚯蚓
一截以头为首
一截以尾为首
各自赶路

哪一截也顾不上舔舐伤口

当它们再次相遇的时候
可知互为自己
当它们忆及往事的时候
可曾记得这次伤害

它们会不会误作夫妻

2005.5.18

眼睛哲学

睁一眼
闭一眼

睁着的
什么也不看

闭着的
什么都看得见

睁着的看上去睁得很大
闭着的看上去闭得很严

2017.12.20

形　象

小时候
父母用俭朴做经线
用温暖做纬线
为他织了一件厚厚的土布衣服

长大后
他嫌衣服太土
把父亲深藏的小小欲望
母亲仅存的浅浅虚荣偷来
为自己织了一件厚厚的
华丽衣服

2017.12.23

不　知

不知草是什么时候绿的

昨天没绿
今天绿了

不知花是什么时候开的
昨天没开
今天开了

不知大雁是什么时候北飞的
昨天没看到
今天
比这里更北的朋友
在微信中发来了
大雁在他的天空上排成人字的图片

不知自己是什么时候老的

2017.3.30

惊　蛰

天鹅
抬了抬翅膀
欲飞
又止

她不想过早离开这里

她想等到癞蛤蟆从冬眠中醒来
问一问
他到底想没想过
要吃天鹅肉

其实，癞蛤蟆已经醒了
他正趴窗偷看天鹅
羞于从土屋中走出来
也没敢吱声

2014.7.3

116

鱼

一条小鱼
从小河游向大河
把自己
游成了大鱼

一条大鱼
从大河游回小河
把生命
游成了千万条小鱼

一条条小鱼
又从小河游向大河

不知他们会不会想起母亲
不知他们能不能成为母亲

2014.7.5

龟兔赛跑前传

一只山兔
跑进草丛
把两只蚂蚱
惊飞

两只蚂蚱
一只向南
一只向北

从此
向北的找不到南
向南的找不到北
两只蚂蚱
谁也找不到谁

那只山兔
从草丛跑出来
身后
跟着一只龟

2017.12.29

熟识的猫

一只老鼠
从洞口
探出头来

它第一眼
看到的是粮仓
第二眼
看到的是熟睡的守仓人
第三眼
看到的是那只熟识的猫

三眼看罢
这只老鼠一边呼儿唤女
一边大大咧咧地
从洞里
蹿了出来

2017.12.29

第三辑

梦里梦外

顺 毛 驴

牵着不走
打着倒退
只有顺着才行

好草好料喂你
好言好语夸你
左一下右一下抚摸你

最多的活计
等着你
比马的还多
最重的活计
留给你
比牛的还重
甚至
马的活计
牛的活计
也要分一些给你

它们能干的
你都能干
你能干的

它们不一定能干

此刻，你正被蒙了双眼
在磨道里疾行着
看不见周而复始的过程
你以为由于自己不够尽力
才没有到达终点
并且坚信
好草好料喂你的人
好言好语夸你的人
左一下右一下抚摸你的人
也一定是
不让你吃亏的人

2011.8.10

两 颗 星

尽管也曾主动向你游移
尽管也曾被动接受你的引力
但我准确知道自己的位置

请你接受我的游移
这时我最潇洒真实
请继续释放你的引力
这时你最温柔靓丽

只是不要强迫我与你合而为一
那样，难以承担的沉重
会压断你的或我的
运行轨迹

1986.10.2

梦里梦外

梦里
一位少女款款而来
杏花红上云天
红透云天
一群麻雀飞临
瞬间变成凤凰
我同儿子一样年轻
一个模样
并且做好了
迎接和进入爱情的准备

梦外
一位老妪蹒跚而来
霜叶黄了树冠
黄遍树林
一群大雁由北向南飞去
一片片阴影
凉了田野
我同父亲，一样衰老
一个模样

那蹒跚而来的像母亲
又像妻子

2013.4.1

梦

爷爷从一座屋子里
匆匆走出来
紧随其后的
便是奶奶

他们你一声
我一声焦急地喊着我的乳名
我应声走上前去
他们却不理不睬
我隐隐听到爷爷对奶奶说
你看那乌云比白还白

我已经五十几岁
而他们寻找的孙子
只是不到十岁的小孩

当年的我曾经一次次走丢
把我找回的
总是爷爷奶奶

如今的我
是不是依然一次次走丢

连自己也弄不明白
如果真的走丢了
谁能把我找回来

2014.10.13

田野上，少女

采一篮苦苦菜你笑盈盈归
有一只蜜蜂把你紧紧追

山坡上的桃蕾舒开了眉
原野上的小草绿微微

一片新苗唱新绿
灵巧的燕子做指挥

采一篮苦苦菜你笑盈盈归
日子太甜了也乏味

1986.3.17

当　年

朋友说，昨夜
他梦见了我二十五年前的住处
三间土屋
两家合租

他说我坐在火炕上侃侃而谈
谈人生
谈诗歌
谈理想
谈抱负
还曾肯定地说
这日子过着十分幸福
侃谈中
我一杯接一杯地为他斟酒
喝的是散酒
酒具是锡壶

面对朋友，我欲言又止
我已记不清最后一次为他人斟酒
是什么时候

记不清因为什么感到幸福

也记不清当年的土屋是什么模样
更记不清
是谁与我合租

2013.2.9

鸟 化 石

在成为化石的动物中
最难堪的莫过于鸟
不像鱼
正在游着
不像龟
正在窥探
也不像蚊子
那么小的东西
成为永恒已是万幸

而鸟
是从天空掉落后
成为化石的
已经没了飞翔的英姿
甚至在亿年后
仍被人怀疑
当时是否能够飞翔

2014.1.8

遥远的杏林

当年，百人会战
栽了上万株杏苗

那山上岂止百只野兔
一兔百株
杏苗便被吃光了
那山上岂止十只山羊
一羊千株
杏苗便没有野兔的份儿了
那等待杏苗长大靠杏核卖钱的人
又岂止一个两个
难免有拔苗助长的事情发生

二十年后，当我走进茂密杏林的时候
我看到了自己的误判
也因所谓的合理想象自感浅薄

2013.12.5

人 与 鸟

人把鸟
装进笼
喂水
喂食
听它美妙的歌声
让它避雨
避风

鸟用利喙
啄着笼
它想自己去觅水
它想自己去觅食
叫声里
充满愤怒

它要沐雨
它要栉风
它甚至渴望
在啄开鸟笼的第一时间
遇到天敌
用自己的血
把自由

染红

人在善意地伤害
鸟在无力地抗争

2013.8.10

鸟　鸣

一声声鸟鸣把我叫醒
晨阳
比梦中那个更亮更红

小时候
听到的就是这种鸟鸣
只是少了一些急切
多了一些从容

一声声鸟鸣把我叫醒
晨阳
比梦中那个更亮更红

小时候
听到的就是这种鸟鸣
只是至今也不知鸟躲在哪里叫我
更不知从小到大是不是同一只鸟在把我叫醒

2014.7.2

137

蝶 与 花

有一只蝶
孤单着飞

有一枝花
孤独地开

孤单的蝶
寻觅
孤独的花

孤独的花
寻觅
孤单的蝶

蝶如花
花似蝶

春天已过
冬天还远

2014.7.2

草 原 梦

我以一只鸟的形式飞临草原
我有数不尽的眼睛羽毛般嵌满翅膀
我看到，每一株芨芨草上都喷涌牛奶
每一丛马兰花里都卧着白羊
每一棵油菜秧都结出一轮月亮
每一座敖包边都坐着一双太阳

那悠扬的蒙古长调儿
变成了一株参天白杨
树冠上那只鸟巢
同我千百次设想的一模一样

1996.1.13

139

远方的树

远方那株茂盛的树哇
我是你被移植时
遗留的一条根

如今
我也生发成一株树了
比你小
比你细
比你的立地条件贫瘠
我细小贫瘠地在故乡眺望着你

遥远而高大的你
枝杈上是否挂着乡愁
叶脉中是否存留着乡土的气息

你还记不记得
来自哪里

2014.1.5

在 山 上

谁说得准有多少蛇
在山树的枝上挂着
在山石的缝隙中穿行
抑或在山坡的草丛中产卵

谁说得准有多少蘑菇这座山上生长着
松树下生长的
不一定都是松蘑
榛树下生长的
不一定都是榛蘑

我要去上山采蘑
老人们告诉我
漂亮的蛇是毒蛇
漂亮的蘑是毒蘑
谁家娶来了媳妇
他们也这样说

2011.9.10

波　澜

季节深入冰点
河面泛动着
最后的波澜

那条鱼
跃起
为的是抢夺一口新鲜空气
还是探察一下
涌来的
冰排

那条鱼
跃起
壮阔了最后的波澜
而壮阔了的波澜
顷刻冻结

鱼的嘴
在薄冰之上张合着

2011.1.14

寻　找

两个互相寻找的人
遇到一起
却互不相认

在漫长的寻找过程中
他们经历了太多太多的
似曾相识

也许漫长的寻找
只是为了寻找

2014.11.1

咽 喉 炎

似睡非睡中
听到蚊鸣

由于不堪其扰
我打开屋灯
握起蝇拍
满屋寻踪

但却始终不见蚊影

重新卧床后
细细辨听
原来那扰人的声音
竟来自自己的喉咙

哦
自己才是那只
叮咬自己的
蚊虫

2017.9.6

一觉醒来

屋子里住着人还住着什么
夜路上走着爱情还走着什么
草叶上伏着翅膀还伏着什么
梦呓中有恋人的名字还有什么

我一觉醒来
把昨夜噩梦与扫拢的垃圾放在一起沤制
我要为缺少养料的日子追肥

我一觉醒来
拔下射在被子上的暗箭
拉开从未用过的强弓

2001.4.6一稿
2015.8.14二稿

木　槿

我已经含苞待放
除了时间
不再缺少任何营养

你为什么
一次接一次浇水
一次接一次追肥
我有意
却无力把你阻挡

如果你只是静静地等待
我的花蕾
怎会凋落
我怎会开不出花朵
吐不出芬芳

你轻轻一声失望
我重重一生失望

2018.6.8

缘　故

没有哪一种痛楚
没有缘故

无论是自创
还是他伤
谁听过河蚌
喊痛叫苦

闭上嘴巴
才有珍珠

2003.8.5

春寒中的花蕾

按节令
我该开了
可寒冷依然把我禁锢

按约定
蜜蜂该来了
可我依然听不到它的嘤鸣

我只好就这么蕾着
不知道
在这个春天
能不能开成花朵

2012.3.20

扦　插

你是
刚刚扦插下的
一截枝条

你的母树
只是在你被剪掉的瞬间
心疼了一下
便接受了
那个关于你只是负累的说法

你必须
努力生出自己的根来
否则
将成为一截枯柴

你必须
把自己长得比母树高大
否则
人们不会忘掉你那枝条的身份

2014.8.9

伤　口

头颅
装着丰满思想
眼波
荡着犀利明亮
嗅觉灵敏
耳听八方……

喋喋不休的嘴巴
是一直不能愈合的伤口

2014.7.27

三个汉字

一个人
很孤单

两个人
肩并肩

三个人
便有一个在上边

一个人
大步跨

两个人
绊脚丫

三个人
便有两个受欺压

1987.4.7 一稿
2015.8.20 二稿

告　诫

眼睛告诫嘴巴
我看见了什么
你不能说出去

耳朵告诫嘴巴
我听到了什么
你不能说出去

嘴巴告诫另一张嘴巴
我说给你的
你不能说出去

2012.10.31

数　羊

据说失眠的时候数羊
能让自己进入梦乡
于是我在夜半数羊

一只羊……

童年时我替爸爸放牧时丢了一只羊
爸爸为此丢了半年工分
我因此
挨了好几个巴掌

两只羊……

当年爸爸从解体的生产队
分回了一公一母两只羊
妈妈说
有了两只羊
不愁一群羊

三只羊……

我去城里读书时

爸爸忍痛卖掉了三只羊
否则
我只能穿着打补丁的衣裳

四只羊······

在山顶上啃树的是山羊
在圈里咩叫的是绵羊
在大路上高傲漫步的是种羊
还有一只待宰
它的哭声很凄凉
屠夫说
猪羊早晚一刀菜
怪就怪乡长想吃羊汤

五只羊······

爷爷取名那只叫老寒腿
奶奶取名那只叫罗锅腰
爸爸取名那只叫吃不饱
妈妈取名那只叫闲不住
我取名那只叫小傻样
有了五只羊
一家老少喜洋洋

六只羊······

三只被拴住脖套在田边吃青草
三只被绑住腿脚送市场

七只羊……

两只夏洛莱
两只美利奴
两只小尾寒
还有一只本地羊在争雄时把犄角撞伤
它一定恨透了品种改良

八只羊……

其中七只是真羊
还有一只
披着羊皮
却是狼

九只羊十只羊

哦，当年养羊重点户的标准是十只羊
有一户只有九只
上级领导考察前
他从邻居家借来一只羊

……百只羊、千只羊
朦胧中来到了养羊专业合作社
哇
何止成百上千只羊

数羊数到东方亮
我依稀看到
窗外的天空上
涌动着一群白色、青色、褐色的羊

2015.3.6

燕 长 城

山已经够高了
足以借势御敌

为什么还要沿着山脊
垒一道矮墙

告诉他人
也告诫自己
只有人为的
才称得上界限
这样的界限
彼此都不要跨过

所谓的相邻
便是相安为友
相扰为敌

2010.6.10

龙 虎 山

导游说那是一条龙
游客们便在她的指点下
找到了龙头龙身龙尾

导游说那是一只虎
游客们便在她的指点下
找到了虎头虎身虎尾

那不过是说龙像龙
说虎像虎的山石
那不过是说龙也不像龙
说虎也不像虎的山石

我们就在这样的指点下
如龙似虎地兴奋着

2010.6.2

走在一条山路上

走在一条山路上
一条老狼向我问好
我对老狼笑一笑
一群狼崽随我上路
我小心翼翼裹紧虎皮

走在一条山路上
一条老狼向我怒吼
我对老狼挥挥拳
一群狼崽把我拖住
撕碎了我披着的羊皮

2004.12.3

这就是深秋

玉米穗已经被掰掉了
贪婪的冷风
依然纠缠着失去果实的玉米秧
把它的衣兜
翻遍

那只蚂蚱
明知蹦不了几天了
却蹦得比以往更欢
它以最大的生命高度
同那句俗语挑战

一个老人
割掉一株玉米秧做竿
捉来一只蚂蚱做饵
把池塘中一条几乎游不动的草鱼钓成晚餐

这就是深秋
也许与冬天即将到来无关

2010.10.10一稿
2015.3.2二稿

远　方

你是我的远方

我甚至不知道追上你
路有多长
我甚至不知道追上你
彼此是否相识
我甚至不知道
你是否还听得懂乡音

你是我的远方
我是追赶你的乡土

之所以追赶你
是因为我依然捧着你的根

2010.10.11一稿
2015.3.2二稿

我是一条这样的鱼

有的鱼，远离诱饵
有的鱼
从水中的钓钩上扯下饵
一边品尝一边从水面探出头来
取笑岸上的垂钓者

而我
从没看到过诱饵
却常常被钩起

直到如今依然满嘴创伤地在水中游着

2010.10.12一稿
2015.3.2二稿

来到草原

这里，草比牛低
草比羊低
甚至比鼠还低

这里，不是古诗中的草原
不是想象中的草原
也不是梦中的草原

真正的草原
比远还远

远在古诗中
远在想象中
远在梦境中

或者，远在天上
远在天外

2011.8.10

有一种青羊

有一种青羊
多少年没见过了
那是一种能爬树的羊
那是一种能消化岩石的羊

那一年我看见一只青羊
它爬到了山顶的树上
在把犄角挺进云里的同时
用贪婪的目光望着大地

山上那些石头
山头那些树和树顶上那片天
也像我一样明白
有一种青羊为什么不见了

2004.9.2

说给一株树

在我匆匆赶来
深情望着你的时候
你的叶子
一片接一片地掉落

为什么在我匆匆赶来
深情望着你的时候
你的叶子
一片接一片地掉落

2016.12.29

165

呦呦鹿鸣

你缓慢却坚定地
走进柞林

至今，我依然忘不掉
你回眸时
忧郁中透着留恋的眼神

比当年更加茂密了
却还是那片柞林

不知林中传来那呦呦之鸣
是不是
你的声音

2018.4.1

纪念一只蜜蜂

在你采蜜归来的路上
在我走向花丛的途中
你狠狠地蜇了我

你把针刺和内脏
留在我的脸上
义无反顾地飞赴生命的终点

我的脸很疼
我的心更疼

是怎样的愤怒
让你如此决绝
究竟因为我的哪一个错误
你不惜用生命惩罚

2017.4.14

私 语

真的，我真没有你们说的那样好

另外一个我
你们没有看到

另外那个我
正被关在一个笼子里
或叹息
或咆哮
或在无奈中隐忍
或在嫉恨中冲撞
从未真正驯服
从未想过要做到你们说的那样好

其实，另外那个我
也曾趁我松懈的时候
跑出来作害
只不过
在未被他人发现之前
我一次又一次将他捉回
一次又一次加固笼子

每一次加固笼子的时候
我都曾这样想过
干脆把另外那个我解禁
有许多丑陋的人
正在这个世界上逍遥

2017.4.17

瓷　杯

我粗陋而不精细
我坚脆而不润美

我能端给你的
只有粗茶
淡水

真的是不小心吗
你打碎了我
打碎了你的慈悲

2016.11.22

那个冬天

那个冬天
松树冻掉了一根枝条
大雪飘进我的血管

那个冬天
冰凌咬碎窗子
鸟儿，藏进自己的翅膀

那个冬天
天空被冻裂一角
太阳，是一块不够尺寸的补丁

那个冬天
一个刚刚出生的婴儿
长满胡须

那个冬天呀
至今我还有一条腿
冻结在那个冬天里
拔不出来

1987.7.5

邯 郸 记

我从黄粱梦路口下道
走进邯郸

我走进邯郸城
走上学步桥

我边走边听邯郸人做经验介绍
一不小心崴了脚

我离开邯郸
从黄粱梦路口上道

2017.9.17

回　忆

回忆是一种资格
而这种资格
更多的在于经历了多少挫折
而不是辉煌与收获

回忆中有多少艰难
人生便有多大重量
回忆中有多少感恩
人生便有多少快乐

回忆是难以从头再来的过程
回忆是可以重新纠正的结果

2017.12.14

移　栽

一棵棵精壮的树
连同被树根紧抱不放的乡土
被人们
从乡下的山上挖下来
运进城市

城市，被荒山绿化

一个个精壮的农民
也怀揣乡土而来
兴高采烈地等待移栽

2017.12.9

居 民 楼

人在人上
人在人下

下面的人
不知上面的人
在做什么

上面的人
不知下面的人
在做什么

同一个楼道里上上下下
熟悉的渐渐陌生
同一个电梯里上上下下
陌生的依然陌生

走出去
门锁是家
走回来
钥匙是家

2017.12.20

守　望

一片云在对另一片云的守望中

成为雨

一朵花在对另一朵花的守望中

成为果

一条溪在对另一条溪的守望中

成为河流

一句话在对另一句话的守望中

成为诺言

一把锁在对一把钥匙的守望中

锈蚀

一棵树在对一只兔子的守望中

枯死

一只狐狸在对一只鸡的守望中

饮弹

一只猫在对一条鱼的守望中

错过老鼠

2001.11.28一稿

2015.8.12二稿

经　历

一切都刚刚过去

那只气球
飘得很高很高
啪一声破了

那片乌云
爬得很高很高
呜一声哭了

一个女孩儿
大大咧咧走着
无意中走进了自己的婚礼

一株小树
刚刚从栋梁梦中醒来
便被做成了拐杖

那座山把一块石子扔进清泉
打乱的
却是自己的影子

一切都刚刚发生

1986.9.3

第四辑

忧乐老家

钥　匙

无论走到哪里
我的衣兜中
都揣着老家屋门的
钥匙

尽管一两个月
才回老家一次
况且
爸爸妈妈早已把家门敞开
远远地
迎我归来

五十多岁了
我终于明白
正是老家这把钥匙
把那些对我关闭的大门
一一打开

2017.9.26

哦，凌河

当年，我的先人
从蒙古高原走向这里
一路走来，草渐渐少了
山渐渐多了

放倒一头牛
一百个人吃饱
摁倒一只羊
十个人不饿
女人就坐在勒勒车上
随时随地可以抱过来亲热

一路生子
生子一路
每一个子女都是红脸
高颧
每一个子女都不说假话

一路走来
为了寻找
寻找知者讲述的高山
密林

沃土
智者
寻找的
还有一条河……

当年，我的先人
从蒙古高原走向这里
一路走来，马头琴渐渐哑了
长调儿渐渐弱了

他把鞭杆插进泥土
一夜酣睡后
那鞭杆上
竟然绿叶婆娑
他把草原牧歌放出喉咙
那歌声
竟然变成鸟儿
在蓝天白云间穿梭
他呼唤牧牛的儿子们
应声赶来的
竟是一株株参天大树
他呼唤牧羊的女儿们
含笑走来的
竟是漫山遍野的花朵
他抽出佩刀
那佩刀

突然间变成了铁锄
他拉开弯弓
那弯弓突然变成了犁杖

牧草
在什么时候都长成了庄稼

当年，我的先人
从蒙古高原走向这里
一路走来，风渐渐软了
雨渐渐浓了

当胯下马再也迈不开步子时
我的先人
就地取材
在那匹马的蹄迹上
用石头和木头盖起了屋子
他已经没有充足的牛毛
羊毛
他再也擀不动
擀不出冬暖夏凉的毡房

他对自己的子女们说
就在这里落地生根吧
只要胸有英雄气
头顶长生天

哪里都是家园
何况这里恰好有一条河

哦，敖木伦
先人们寻找的正是这样的河
哦，凌河
后人们不离不弃的正是这条河

2013.6.8

一路走过

一路走过
有艰辛
有坎坷
跟着艰辛的是成功
越过坎坷有欢乐
一路相伴的
正是家乡这条河

一路走过
有付出
有错过
与付出相随的是收获
错过的也许正是过错
一路相伴的
正是家乡这条河

一路走过
有回望
有前瞻
回望中，你会想起很多
但最真切的一定是幸福
幸福的每一个细节

幸福的每一个时刻
前瞻中，你还会设想许多
但最踏实的也一定是幸福
这是因为
你曾经一路追寻
这是因为
你已经把幸福的内涵牢牢把握

一路走过
身边和心上
流淌着美丽凌河

2013.4.18

我的靠山

这山知道我的矮
我也知道这山的高
山是荒的
除了稀疏的荆条
纤细的针茅草
只有几只蚂蚱
东躲西藏
风，也被阳光烤焦
在乱石堆里
左蹦右跳

我刚刚从山顶走下来
那里埋着我的先人
我为他们送上纸钱
表达游子的哀悼

我不知道
先人们的灵魂是否依然在这贫瘠的地方死死守着
我送上的纸钱
他们能不能收到

2017.4.13

想起了爷爷当年说过的话

爷爷说
村子里找不到爷爷了
爷爷就在山上
山上，不是小孩子该去的地方

爷爷说
白天里找不到爷爷了
爷爷就在夜里
夜里，小孩子只管睡觉
睡着了
就找到爷爷了

2017.11.14

祖　母

你是一捆燃不尽的柴
烧热了一盘土坯炕
一壶地瓜酒

祖父在壶里
醉时，伸出抱你的双臂
醒时，抡出打你的孤掌

你是一捆燃不尽的柴
当我循着炊烟来到你身旁的时候
你把一根火柴
交给儿媳

1996.8.21一稿
2018.2.20二稿

月　光

举头望月时
我突然想到了逝去多年的奶奶
奶奶的目光
就像这月光一样慈祥

也许奶奶就在月中
也许奶奶一直在那里把我守望
也许那遥远的月亮
便是所谓的天堂

2015.5.15

老爸生日记

爸爸用商量的口吻对我说
他想活到一百岁
他想天天喝点小酒

一生辛劳的爸爸
少言寡语的爸爸
每天都在妈妈戒酒令下惊悚的爸爸啊
您是不是担心
我也会以年纪为由断了您的酒源

我用肯定的口吻对爸爸说
从今天起
儿子天天陪您喝酒
您一百岁的时候
七十五岁的儿子陪您喝酒
您一百二十五岁的时候
一百岁的儿子陪您喝酒

2015农历六月廿三

畅饮这场好雨吧

畅饮这场好雨吧
老爸

无论醉成啥样
也耽误不了庄稼

畅饮这坛好酒吧
老爸

无论醉成啥样
都是因为庄稼

2014.11.4

爸　爸

爸爸，我无论怎样仔细端详
也不能在衰老中
找到您年轻时的模样

只是觉得
我同您越来越像

爸爸，我无论怎样端详
也不能在自己的脸上
找到像您一样的慈祥

2014.11.4

父 亲 节

不要说今天是什么节日
只管把钱包掏空
让父亲高兴

父亲不知道今天是什么节日
乡下的父亲们大都不知道什么叫父亲节

如果让父亲知道了这么一个节日
他也许会问我
这个节日是今年才有的吗

2016.6.19

母　亲

你冷冷地坐在土炕上
眉宇间藏着只有儿子才看得出的慈祥
你那弯曲的脊梁
顽强支撑着不肯弯曲的思想
你那只失明的眼睛
比谁的眼睛都要明亮
村人说你刚强
爸爸说你脾气太犟

我说什么呢，母亲
大半生苦难过后
还能剩下多少温良

1996.8.21一稿
2018.2.20二稿

都是妈妈的问题

圈里的猪不爱吃食了
怎么办哪

道南的玉米生蚜虫了
怎么办哪

芦花鸡跑到二柱家鸡窝里下蛋了
怎么办哪

弟弟把刚刚穿上的新衣服弄脏了
怎么办哪

我这里有一道算术题不会了
怎么办哪

爸爸说
都是你妈妈逞能
弄这弄那
比这比那
什么也放不下
你去问她

是呀妈妈，这一切问题都来自你的不屈不弃
也只好由你回答

2010.7.8

农村的词汇

三年前母亲对人说，已经下不了地了
现在母亲对人说，已经下不了地儿了

这是农村的词汇

下不了地了
说的是不能从家里出来
到地里莳弄庄稼
下不了地儿了
说的是不能从炕上下来
到地面走动

这是农民的语法

母亲说自己下不了地的时候
口气挺沉重
母亲说自己下不了地儿的时候
口气挺轻松

听母亲沉重地说自己下不了地的时候
我心里挺轻松

听母亲轻松地说自己下不了地儿的时候
我心里挺沉重

2017.12.31

我温暖得想哭

年迈的爸爸
推着年迈的妈妈

妈妈的轮椅
也是爸爸的拐杖

2017.11.20

母亲的背

母亲的背驼了
母亲像一副躬耕的犁

母亲的背驼了
母亲的心离土地更近

母亲的背驼了
母亲背负着岁月的沉重我是沉重的一部分

母亲的背驼了
母亲是否在大地这面镜子上看到了自己的衰老

母亲的背
是我擦不去的泪

1994.3.1

背起母亲

妈妈
我背起您
我没有把自己的感受对您说出来
妈妈，我在心里这样说
妈妈，太轻了
我几乎感觉不到
您的重量

妈妈
我背着您
背着您，想起当年您背着我时常说的那句话
这孩子
一天比一天沉
明明会走了
还让我背

2015.7.22

回　家

回家
是妈妈说的最后一句话

回家，我坚定地应答
回家，妹妹满眼泪花
回家，二弟从医院的病床上抱起妈妈

提着最后一口气
妈妈回到乡下的家

妈妈把最后那口气
在爸爸的呼喊中咽下

回家
是我听到妈妈的最后一句话

2018.1.25

致 三 弟

三弟呀，妈妈实在太牵念你了
每当家人团聚的时候
她总是偷偷流泪
那是她想到了你的孤单
每当你二嫂把屋子烧暖的时候
她总是嫌热
那是她想到了你那里的严寒
自从你离去后
多语的妈妈变得寡言

三弟呀，到了那边
妈妈那条被骨结核拉弯的脊梁
会重新变直
你在陪她漫步时
别忘了提醒妈妈
又可以像年轻时那样挺胸向前

到了那边
妈妈那只失去的眼球
会重新回到她的眼窝
你在陪她俯视家园时
别忘了提醒妈妈

不要只用右眼

到了那边
妈妈再也不会得病了
你要帮她改掉
无论什么药都当成宝贝
过期了也舍不得丢掉的习惯

三弟呀，无论妈妈唠叨什么
都不要顶嘴
你惹妈妈生气了
不会有人解劝

2018.1.25

我 哭 了

——《快乐童年》之一

有一天
我把自己丢了

就怪那只花蝴蝶
它领我来的
却不送我回家

我一点也不想哭
哭，多没出息
可是我不大声哭出来
妈妈到哪儿找我

1986.6.8

乡间小路

——《快乐童年》之二

跌倒了
——眼泪
摔在路上

爬起来
——疼痛
留在路上

迈出一步
——笑声
铺在路上

我会走了
小路
被双脚抻长

1986.6.8

藏 猫 猫

——《快乐童年》之三

树丛太矮
蹲下，露着脑袋
对对，用手捂住眼睛
他们就看不见我啦

脚步声近了
我屏住呼吸
一动不动

没想到
老老实实地
当了俘虏

1986.6.8

忆 少 年

忆少年
首先忆起那株老杏树

我跨坐在树杈上
摘下一颗又一颗杏子
边美美地吃着
边有意无意地把杏子丢给不敢爬树的
一群女孩儿

只是
回忆不出当年在树下的女孩儿都有谁了
回忆不出邻家那位从城里来的小妹当年模样
回忆不出她是不是接到了我丢出的杏子

2017.11.13

在 故 乡

我的少年，在故乡

我从故乡走出来时
把自己无知甚至无耻的少年
留在了那里

有母亲在那里呵护着他呢

我从不担心
他是快乐
还是忧伤

2017.11.13

河

那是我童年的河
小鱼白白
小草青青
击一掌河水
溅满脸欢乐

那是我青年的河
两岸白杨
满目碧波
插一支单纯鱼竿
钓一串美丽思索

这是我壮年的河吗
就像我的心已不那么清澈
你也变得如此混浊

什么样的河
是我老年的河

我渴望深沉
我渴望壮阔

我想看到这样的河
河想看到这样的我

1998.3.18一稿

2014.12.31二稿

童　年

把耳朵贴在钢轨上
听火车驶来

站在路基旁
看火车驶过

这是我的童年里很重要的
一件事情

也许只是因为
想知道钢轨究竟有多长
火车究竟由哪里驶来
向哪里驶去
我才义无反顾地离开了故乡

2014.11.25

好大一棵树

那是我当年栽下的树
如今
在村子里的树木中
它最高最粗

如果
爷爷在他步履艰难的时候
把它拔下当作拐杖来拄

如果
爸爸在他生活拮据的时候
把它卖掉
换作粮谷

如果弟弟
在他翻盖新屋时
把它锯倒
作为梁柱

它就不会成为村子里最高最粗的树
我在儿子面前
也就没有这份

引以为傲的回顾

当年我栽下的只是一株小苗
栽下后
我便离开故土
从未
把这棵树养护

2014.11.28

忽然想起老家

据说
老家山上的坡地
已经撂荒了
除了死人
或者祭奠死人的人
很少有谁上山

据说
耕种老家山下平地的人
也少了许多
种粮大户的农机具
骄傲地奔走在田野上

不知道哪一天
村子里的人就会走光
山上的灵魂
想念自己后人的时候
该到哪个城市去找
怎样才能找到

2017.12.22

有几棵树常常出现在我的梦里

有几棵树常常出现在我的梦里
那是几棵
粗壮的榆树
那是几棵挂满榆钱
那是几棵长满榆叶的大树

每年春天
我都要爬到榆树上采那串串榆钱
玉米榆钱饼子的香甜始终蠕动在记忆深处

每年从仲夏到秋初
我天天都要爬到树上撸那肥肥榆叶
妈妈把我的学后时光
同榆叶搅拌在一起喂猪
年猪的肉香
被同样无粮养猪的左邻右舍羡慕

有几棵树常常出现在我的梦里
在梦里
那个穿着补丁衣服的少年

不止一次从树上摔下
可他从来不哭

2017.12.22

有一个少年

那一株株红柳被割成了筐
那溢出河床的水，被晒成了干巴巴的阳光

那河
那岸
那河里岸上，有一个无知却充满幻想的少年

那干巴巴的阳光把少年的脚烫伤了
那提筐少年把回村的路走丢了

那河，是我思乡的梦
那岸，是我梦乡的枕

2004.9.1

妻　子

一个巢里
两只吵吵闹闹的鸟
一只是你
一只是我

真愿在某一次远飞的途中
被一种意外击伤

也好静静地躺回巢里
看你伤心
看你流泪
看你找出许多无中生有的缺点来
并为之痛悔

1996.8.21 一稿
2018.2.20 二稿

两颗樱桃

两颗樱桃
一模一样

一颗越嚼越淡
一颗越品越甜

哪一颗是远方
哪一颗是故乡

2017.6.20

二 弟

二弟在电话中说一个月没下雨了
放下电话我有一种难耐的渴感

眼前一片片枯萎的庄稼
一丛丛蔫蔫的小草
伸长长舌头狂喘的黄狗
裹沉沉翅膀蜷缩的母鸡
爸爸的脾气又一次变坏
弟媳再一次抱怨嫁错了地方
病中的妈妈又支撑羸弱的身子下田了
每当年景不遂人愿的时候
妈妈总会说
这病，说好就好……

二弟来信说一个月没下雨了
放下电话我有一种变成云的渴望

1993.8.6

天 冷 了

老家的后山上
多了一个酗酒的人
那是小我十二岁的小弟

爷爷奶奶以及生前在山下生活的
老少乡亲们
请你们在他醉酒后找不到家的时候
把他送回我们叫作坟你们称作家的
那个地方
千万不能眼睁睁地看着他
在寒冷的野地里挨冻
死了之后
再死一次

2015.12.4

现在是你的春天

——《写给儿子》之一

此刻是正午
中天的太阳又圆又亮
前天日偏食
昨天阴云遮挡

你赶上好日子了
今天出生的孩子都赶上好日子了
爸爸去乡间帮农民收割成熟的秋天
在你初啼时匆匆赶回迎你
爸爸享受到收获的欢乐了
爸爸的收获是双重的

你呢，我的小宝宝
你的秋天还很远很远
现在是你的春天
你是棵刚刚拱出土的小苗
好好长吧
天上，亮亮的太阳照耀
土地，沃沃的没有杂草

1987.9.25

你很小很小
—— 《写给儿子》之二

在母腹中你很大很大
在世界上
你很小很小
很小很小
生活中没有你的位置
你的位置
靠你学会走路后去寻找

在母亲眼里你很高很高
在世人眼里
你很矮很矮
生活需要的却是高大
你的高大
靠你自己拔节才能达到

1987.12.9

儿子该比爸爸聪明

——《写给儿子》之三

你的翅膀上刚生出几片绒毛
爸爸便把你视为会飞的鸟了

飞不起来你也该想着必须自己飞了
谁的翅膀也不会为你驮来一片蓝天

流出泪你也得自己擦了
泪水是苦的你迟早会讨厌它

你的笑不该总因别人的逗引
当别人诱你笑的时候你平静抑或深思
你便是大孩子了

爸爸的儿子总该比爸爸聪明
在我刚会写"1"的年龄你必须学会写"人"

1989.3.1

227

你心透明
——《写给儿子》之四

看世界
你已经开始用自己的眼睛

你的泪
比我的晶莹
你的心
比我的透明

你还不会在笑中掺假
你还不会用虚伪换取真诚
你的善良
让我欣慰也使我担惊

尽管十二岁的肩膀
还不能分担沉重
但你已经懂得
爸爸并不轻松

1999.12.30

酒醉的儿子
——《写给儿子》之五

酒醉的儿子
在京城走失

透过手机
透过千里厚的深夜
我看见
好友们正在焦急地把他寻找

我坚信
儿子绝不会真的走失
最终
一定是自己把自己找到

醉了儿子的
也绝不会真的是酒
或者
儿子的醉根本不是真醉
他要趁着酒兴寻找什么
他的寻找迷失了寻找他的人

2014.8.7 晨3时

飞走的小鸟
——《写给儿子》之六

儿子说
那只小鸟飞走了

我不知儿子
什么时候养了一只小鸟
更不知
他养了一只什么鸟

从儿子的口气中
听不出失落
听不出忧伤
当然也听不出喜悦

我对儿子说飞走就飞走吧
也许只有天空才容得下那双翅膀

2014.5.19

一 个 梦

——《写给儿子》之七

一个漂亮的小男孩
雀跃着
扑进我的怀抱
他，稚声稚气对我说
"爷爷
你当然知道我爸爸是谁了
可是
你知道我妈妈是谁
她又在哪里吗"

接下来，他又对我说
"爷爷，我已牵手爸爸妈妈在梦中相见
他们正在按照梦中的样子
互相寻找
不久就会遇到"

2017.11.28

二丫·尔雅

外出打工前
老王家的二女儿
名字叫二丫

三年后回村时
老王家的二女儿
改名叫尔雅

村里人再叫她二丫
她好像没听见
从不应答

她一遍遍地纠正着人们的发音
可村里人听来听去
听到的
依然还是二丫

2017.4.14

喇 嘛 庙

那是我的小学校
曾经是座喇嘛庙

老师们备课的地方
正是摆放佛像的地方

三百年老树枝繁叶茂
苍鹭
喜鹊
麻雀
你去我来十分热闹

那是我的小学校
如今又成了喇嘛庙

摆放佛像的地方
正是老师们备课的地方

三百五十年老树依然枝繁叶茂
没了苍鹭
没了喜鹊
只有一群麻雀

在枝叶间
叽叽喳喳乱叫

当年的校工是还俗的喇嘛
如今的监院是当年的校长

2017.1.19

致 友 人

你说
把故乡还给我

还给你的故乡里
没了父亲

我说
把故乡还给我

还给我的故乡里
没了母亲

就是这样的故乡了

放在心上
依然是血脉
放进眼中
已然成泪水

故乡啊，故乡

2018.3.29

归来的牛

雄鹰的影子
重重地掷在草原

百灵鸟的歌声
轻轻地掠过马兰

一群牛走向东边
一群牛走向西边

我是一头离去百年的草原牛
今天，终于回到了家园

牧牛的哥哥哟
或东
或西
我随着你的牧鞭

1996年一稿
2015年8月二稿

小河都去哪儿了

小时候
家乡有三条小河
小河里
有许多小鱼
爷爷告诉我
小河流向大河，流向大海
小鱼游向大河，游成大鱼

现在
家乡的三条小河都已经干涸
河床上
有许多垃圾
不但小河不见了
大河也在变细
可大海的水位却在上升
市场上的鱼甚至多过水里的鱼

小河都去哪儿了
哪儿来的这么多鱼

2014.12.24

下 雨 了

下雨了
终于下雨了
我那颗旱透的心
大口大口地
吞着雨水
无论是清是浊

我的心连着我的血管
血管的出口是老家的农田

2017.5.22

朝阳赞美诗

朝阳枣甜脆是一串串火红的日子
朝阳杏酸涩是一颗颗珍存的记忆
朝阳花开在山上开在姑娘鬓上
朝阳苗长在田里长在庄稼人心里

朝阳最忙碌的是冬天里在大棚中转换春夏秋三
季的菜农
朝阳最舒心的是挣北京钱娶天津媳妇的打工
小子
朝阳最关切的是文件里又讲了什么
朝阳最吃香的是走村串户的农业技师
朝阳最生气的是好政策被理解错了
朝阳最高兴的是京沈高铁通车后进京去沈只需
一个小时
朝阳最神气的是捧回扶贫模范奖状的民企老板
朝阳最纠结的是无意间在山上拾到文物却
舍不得上交的农家大姨
朝阳最美丽的是汗水美容的姑娘
朝阳最难堪的是因欺骗跪拜者被罚跪在荒山脚
的庙宇
朝阳最伤心的是成了大学生的孩子不肯归来
朝阳最动人的是蜜蜂向开花的槐树飞去

朝阳最得意的是把"三燕古都"美誉挂在嘴上的
文化学者
朝阳最壮观的是排列成林的树化玉
朝阳最珍爱的是石质山上长不大死不掉的
小老树
朝阳最揪心的是庄稼和庄稼人齐声喊雨
朝阳最渴望的是走进《人民日报》头版头条
朝阳最怀疑的是自己也能成为诗句

朝阳有一个英雄叫赵尚志,他那颗被日寇割下的
不屈头颅在正义的天平上让所有犯华者
失重
朝阳有一座高山叫清风岭,那是日寇十四年染
指不成的
"中国地"
朝阳有一座矮山叫牛河梁,那里复活了五千五百
年前的女神
朝阳有一个和尚叫昙无竭,他取经二百多年后玄奘
也去了印度

朝阳的羊羔最调皮,把嘴巴伸到内蒙古偷草吃
朝阳的燕子最傻气,过了时节才飞来剪果枝
朝阳的鱼钩最神奇,掠过锦州把渤海钓上餐桌
朝阳的孩子最顽皮,把白雪堆成妈妈堆成自己
朝阳的北塔最神秘,天宫中惊现释迦牟尼师徒
舍利

朝阳的化石最丰富，第一只鸟在这里起飞第一朵
花在这里结出果实

朝阳是红枣树有针有刺更有甜蜜
朝阳是沙打旺多磨多难不灭生机
朝阳是向日葵笑脸向阳不离不弃
朝阳是红高粱把贫瘠转化成酒香万里
朝阳是荆条花朴素出千万种魅力
朝阳是土蚯蚓长期被埋没却依然耕耘不息

1994.11.12一稿
2015.1.20二稿

作者后记

更多更好的诗，你是我的远方。
更美更强的国，你是我的远方。
你是我的远方，阳光灿烂的日子；
你是我的远方，梦里梦外的景象；
你是我的远方，马路上走来走去的童话；
你是我的远方，有忧有乐的故乡……

这是我的第八部诗集。

遥想当年，著名诗人、诗评家阿红先生把我22岁那年的诗以同期加评的方式发表在《鸭绿江》上。那组诗叫《我原是一颗瘪粒》，那组诗不仅被《新华文摘》转载，而且获得了1983年的《鸭绿江》作品奖。还是《鸭绿江》，在1984年选发了我的组诗《我是庄稼人》，这组诗又获国庆征文"丰收奖"。

那时真年轻。如今常说的一句话却是："我年轻过，你老过吗?"

从乡兽医站起步，一路走来，成长为副厅级干部。我的政绩单上，摞着近2000万字公文……

从"顺口溜"起步，一路走来，写诗2000

余首，发表1200多首。24岁那年，成为辽宁省作家协会会员；40岁那年，成为中国作家协会会员。《十行抒情诗选》和《实话诗说》两部诗集分获第三届、第七届"辽宁文学奖"。

诗是什么?

——是理想空间飞的鸟

——是感情之叶缀的露

——是人生脚步留的痕

——是时代之躯投的影

——是思想之液结的晶……

鸟美，露清，痕深，影重，晶明……这是我的追求，也是迄今未能达到的目标。也正因为如此，我不会放下写诗的笔。

活出个样来给自己看，活出个不烦人的样来给他人看。天上的母亲看着我，乡间的父亲看着我，身边的妻子看着我，"北漂"的儿子看着我，亲朋同事看着我……喜欢我诗的人用赞许的目光看着我："你就这样写下去!"不喜欢我诗的人用疑惑的目光看着我："你就这样写下去?"

"这个世界不只有眼前的苟且，还有诗和远方。"

诗啊，你还在远方!

远方啊，我还不敢老!

感谢林雪女士、韩喆女士、秦朝晖先生、王永新先生，感谢促成此书出版的所有人。我在心里记着你们。

2018年7月31日